AF342967

L'AURORE

D'UN BEAU JOUR.

❊

Imprimerie de David.

FAUBOURG POISSONNIÈRE, N. 1.

❊

L'AURORE

D'UN

BEAU JOUR.

Episodes des 5 et 6 Juin 1832,

SUIVIS DE NOTES ET DOCUMENS INÉDITS,

PAR N. PARFAIT,

AUTEUR DES PHILIPPIQUES.

La République a pâli...

PARIS,

CHEZ BOUSQUET, LIBRAIRE,

SUCCESSEUR DE LEVAVASSEUR, AU PALAIS-ROYAL;

ET CHEZ LES MARCHANDS DE NOUVEAUTÉS.

MAI 1833.

AUX MÂNES

DES

MARTYRS

DU

CLOITRE St - MERRY.

Passant,
va
dire à Sparte
qu'ils
sont morts
ici
pour obéir
à ses
saintes
lois.

Plan de la Maison N.º 3o.

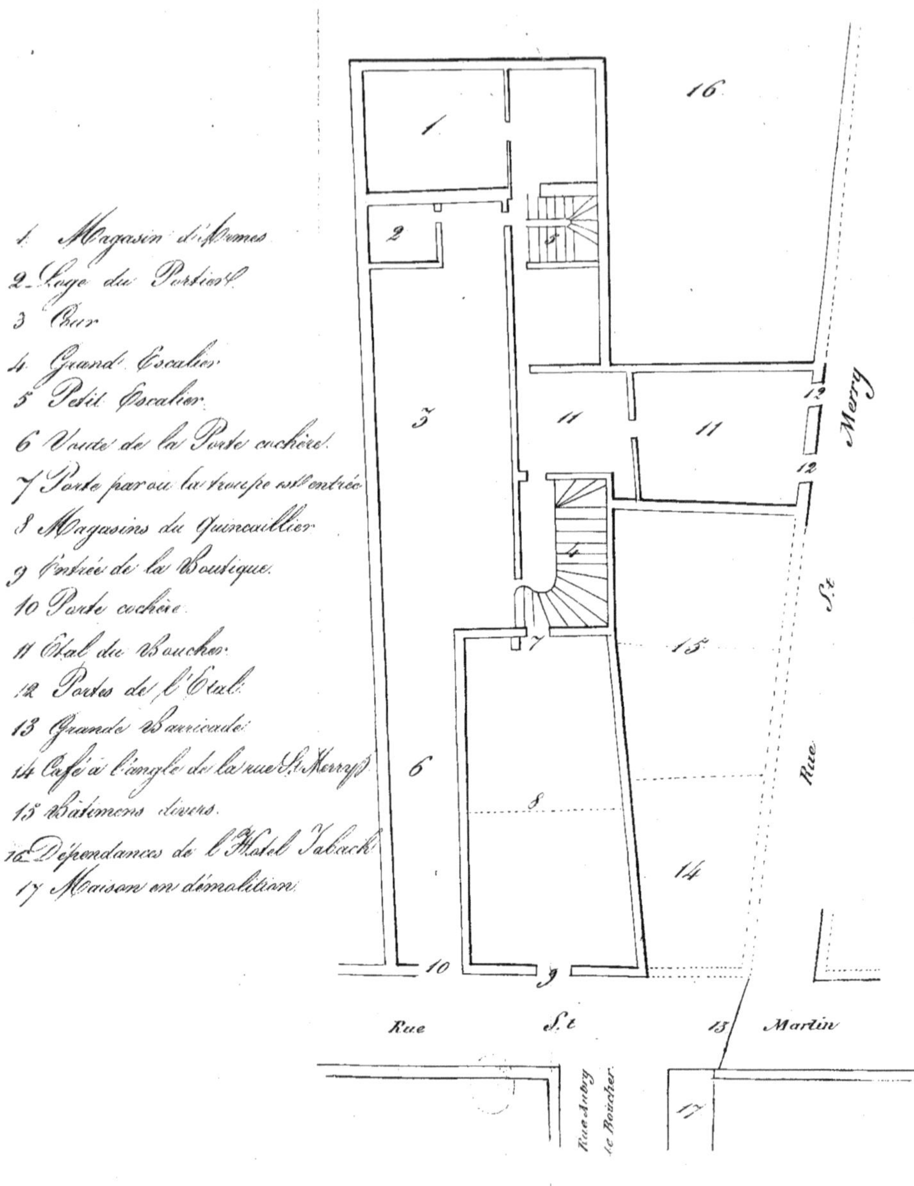

1. Magasin d'Armes
2. Loge du Portier
3. Cour
4. Grand Escalier
5. Petit Escalier
6. Voûte de la Porte cochère
7. Porte par ou la troupe est entrée
8. Magasins du Quincaillier
9. Entrée de la Boutique
10. Porte cochère
11. Étal du Boucher
12. Portes de l'Étal
13. Grande Barricade
14. Café à l'angle de la rue St. Merry
15. Bâtimens divers
16. Dépendances de l'Hôtel Taback
17. Maison en démolition

Plan n.º 30.

Prologue.

—

C'est de l'histoire.

(Napoléon.)

Ceci est une œuvre de conscience.

Sans doute, elle est ardue la tâche de l'écrivain qui, au milieu des haines de l'époque, entreprend de buriner un des plus grands tableaux de son histoire : ce n'est pas le lendemain qu'on peut juger à froid le crime de la veille, et le siècle présent n'est jamais bien connu que par les siècles futurs.

Voilà l'idée qui, planant sur ce poëme, nous a frappé tout d'abord; mais nous ne voulions point être juge : nous voulions seulement raconter des faits, des faits plus qu'avérés, et nous avons cru, sans témérité, pouvoir atteindre notre but.

Pour retracer, avec la plus scrupuleuse exactitude, des événemens aussi graves que ceux des 5 et 6 Juin, nous avons dû attendre que le temps nous en ait déroulé tous les fils, que dix mois de jugemens et d'arrêts nous en aient fait connaître la plus intime essence, et que le fiel qui bouillonnait au cœur des hommes de parti soit, sinon tout-à-fait lavé, au moins plus froid et plus calme.

Nous avons dû surtout sacrifier, pour un moment, nos haines particulières et, nous plaçant en observateur neutre au-dessus de la sanglante arène, peindre, pour ainsi dire au vol, les points de vue divers qui la caractérisent.

Et, nous le disons dans toute la candeur de notre âme, si une ligne seule de cette funèbre épopée invoquait pour appui des allégations fausses, nous renierions l'ouvrage tout entier, car nous aurions forfait au devoir en trahissant nos sermens intérieurs !

Il est une chose que d'ailleurs nous invoquons, c'est notre bonne foi de jeune homme, notre franchise qu'on n'accusera certes pas d'être enchaînée à un parti quelconque.

Les partis !... nous les avons tous froissés par nos durs argumens ! et pourquoi ?... parce qu'ils n'ont pas su les comprendre et que notre religion politique a pour base la vérité, la vérité qui trop souvent offense.

Qu'on nous pardonne de nous être mis en scène ; nous ne voulions que nous faire bien connaître, si toutefois c'était un besoin pour nous.

Maintenant passons.

Il est un point culminant qui nous a frappé dans l'étude pénible des tristes journées de Juin : c'est l'acharnement cruel et rancunier du vainqueur, contrastant avec la patience héroïque et noble des vaincus.

N'est-il pas déplorable en effet de voir que l'on relance aujourd'hui plus que jamais ces derniers et que les prisons, toujours pleines, conservent, *pour la bonne bouche*, si j'ose m'exprimer ainsi, encore d'autres scandales et de nouveaux procès.

Oh ! oui, comme l'a dit, avec une légitime hardiesse, le défenseur d'un combattant de Juin : *La coupe de vengeance où s'abreuve le pouvoir semble, ainsi que le tonneau des Danaïdes, ne devoir jamais se remplir, et toujours, toujours se vider du sang et des pleurs qu'elle absorbe !*

Et quelle a été, quelle est encore, grand Dieu ! la base de tant d'accusations capitales ?... les dépositions lâches de témoins soudoyés, qui n'ont vu le combat qu'à travers les soupiraux de leurs caves, ou les lucarnes de leurs greniers!!!

Oui, certes, à ceux qui, poussés par leur conviction, sont venus exposer leur vie devant les barricades, nous permettons la récrimination, c'est leur droit; et il faut leur rendre cette justice: appelés devant les tribunaux, c'est avec autant de modération que de dignité qu'ils ont fait leurs généreuses dépositions; mais à ceux-là que j'ai nommés plus haut, on ne craint point d'accorder une bénévole confiance! que dis-je? on ose faire de leurs calomnies le piédestal de l'échafaud!

Quelle infamie! ils étaient là ces hommes, épiant les chances de la bataille, pour aller dire ensuite au vainqueur, quel qu'il soit: *Voilà tes assassins!*

Et le vainqueur n'a pas eu de reproche à faire à leur zèle, car ils ont été jusqu'à dénoncer les médecins qui n'avaient pas craint d'exposer leur vie dans les barricades pour sauver les blessés, les blessés, citoyens et soldats, de l'un et de l'autre parti.

Ils ont fait dresser contre ces hommes des actes d'accusation aussi ridicules qu'atroces et qui font le digne pendant de la fameuse ordonnance-Gisquet, exhumée nous ne savons plus déjà de quelle chronique féodale du moyen âge.

Qu'ils tremblent ces accusateurs quand-même ! L'histoire aussi, elle, dénoncera leurs noms à la postérité ; ses pages véridiques leur ménagent une terrible et sanglante immortalité, qui justifiera solennellement ceux qu'ils auront accusés, s'ils ont alors besoin d'être justifiés !

Voilà, nous le répétons, les tristes réflexions que nous a suscitées l'étude profonde des deux sanglantes journées de Juin ; voilà le seul jugement que nous en oserons porter, persuadé que l'avenir fera le reste et que ceux qu'elle accusera seront frappés à coup sûr.

Que les partis divers, qui clabaudent autour de nous lisent dans cette histoire leur apologie ou leur condamnation ; qu'ils y découvrent leur âge d'or ou leur chûte prochaine ; qu'ils y puisent même de hautes ou de déplorables leçons ; libre à eux : le champ leur est ouvert ; chacun y trouvera ce qu'il voudra bien y chercher : la part est égale et juste pour tous.

C'est, nous le disons sincèrement, malgré de nombreuses imperfections littéraires , un livre de conscience pour les partis : qu'ils en profitent.

Pour nous , qui voguons avec eux sur une mer semée d'orages politiques auxquels nous commençons à nous habituer , pour nous qui voyons les choses comme à travers un prisme et sans vouloir en approfondir les effets, depeur de trop en voir, nous attendons avec confiance des temps meilleurs ; entièrement dévoué à la tâche pénible et laborieuse que nous nous sommes imposée, quels que puissent être les événemens futurs, nous ferons notre devoir; que chacun fasse le sien, et nous ne désespérerons

pas de l'avenir de la patrie, et nous ne craindrons
pas de poursuivre une chimère en appelant de tous
nos vœux la saine et vraie liberté !

PREMIER ÉPISODE.

LE CONVOI.

———◦———

> . . . . Quand la lave voisine
> S'apprête à secouer Agrigente et Messine,
> D'abord la grande mer, par élans convulsifs,
> Pousse des flots houleux sur l'algue des rescifs;
> De bleuâtres vapeurs s'échappent du cratère,
> Et la voix d'un volcan gronde au loin sous la terre...
> Tel bouillonnait Paris : les travaux et les jeux
> S'arrêtent tout-à-coup sur le sol orageux,
> Un peuple entier, sorti des foyers domestiques,
> Ondule en murmurant sur les places publiques.
>
> . . . .
>
> Oh! vengeance! déjà sur le pavé glissant,
> Nos ennemis français versent le premier sang!..
>
> (L'Insurrection.)

Il est des jours maudits, où le peuple et les rois

S'arrachent dans le sang les lambeaux de leurs droits;

Ce sont des jours pareils qu'en ces feuilles arides

J'exhume de l'oubli de nos éphémérides;

Je serai vrai : l'histoire est un tableau qu'on doit

Extraire au grand soleil pour l'expliquer du doigt.

Si la fièvre civique, irritant mon délire,

A fait grincer, parfois, les cordes de ma lyre,

Aujourd'hui, déposant à la face du ciel,

Témoin, je veux parler sans terreur et sans fiel !

Dans sa course de feu, le soleil de justice

Allait bientôt compter cinq pas vers le solstice;

Notre France voyait chanceler sur son front

Sa couronne, où l'honneur n'avait plus de fleuron !

Chaque jour, au saint temple, enlevait une pierre

Et la mère du peuple, écartant sa paupière,

Tournait vers ses enfans des yeux endoloris...

Regard prêt de s'éteindre avant d'être compris !

Oh ! pour la bien juger cette époque passée,

Pour en extraire enfin une saine pensée,

Oublions le présent, oublions l'avenir ;

Effaçons, dans nos cœurs, tout, jusqu'au souvenir :

Rajeunissons d'un an ; nos récentes alarmes

Pourraient tromper encor nos yeux mouillés de larmes,

Et forgeant à la haine un nouvel aliment,

Faire un crime au passé des malheurs du moment.

Lorsqu'on la prend à nu, sans efforts, sans entrave,

Sur un livre d'airain la vérité se grave ;

Ecoutez ! la voilà dictant ce que j'écris :

Son flambeau saint éclaire un volcan... c'est Paris !

Paris ! le voyez-vous , le gai Paris ? il pleure !...

D'une fête funèbre, il semble attendre l'heure ;

Silencieux et triste, il murmure tout bas

Des mots qu'il sait par cœur et que je n'entends pas.

On dirait, à le voir se courbant vers la terre,

Qu'il entend sourdre encor là lave d'un cratère...

Hélas ! il a compté tant de funestes jours

Que, d'espoir ou de crainte, il les pressent toujours !

Il attend là, pourtant, debout comme un seul homme :

C'est qu'il a vu tomber une étoile qu'il nomme ;

L'astre consolateur de son malheureux sort,

Celui qu'il implorait hier : LAMARQUE EST MORT !

Il est mort ! mais le peuple, usant de représailles, (1)

Veut donner au héros d'illustres funérailles,

Et, mû par cet élan qui confond les maudits,

Entonner sur sa tombe un grand *De Profundis !*

L'heure du convoi sonne : et la foule muette,

Obéissant d'instinct au commun interprète,

Se groupe, en flots épais, autour du corbillard

Qui suit, majestueux, l'immense boulevart...

Tout se tait, tout est calme : en ce moment suprême,

Dieu sur le char de mort semble planer lui-même,

Et, colorant la nue aux rayons du soleil,

Darde, du haut des cieux, un reflet sans pareil ! (2)

Le civique soldat, que cet azur protège,

De tous les points, afflue au sublime cortège :

Partout, partout la foule, et le calme partout.

On entend seulement, de l'un à l'autre bout,

Le tocsin du tambour, frissonnant dans l'espace,

Ou les adieux du peuple à son tribun qui passe...

Oh ! long-temps contemplez ce triomphal chemin !

Aujourd'hui qu'il est beau !... venez-le voir demain...

Déjà, parti du temple où la gloire eût un dôme, (3)

Le flot vient battre au cap de la place Vendôme :

A l'aspect du trophée où l'homme souverain

Incrusta son histoire en articles d'airain,

Un éclair se révèle à la masse stoïque :

Le peuple ! il se souvient que son mort héroïque,

Joignant un codicille à son grand testament,

Lègue une part d'honneur au noble monument !

Il veut que le guerrier fasse, avec sa couronne,

Une dernière halte au pied de la Colonne...

Et, sur le char qui roule, on voit, quel appareil !

Avec la pluie encor ruisseler le soleil !...

O désespoir ! c'est là que le défi commence :

C'est là qu'on jette un gant à cette escorte immense ;

Hélas ! pourquoi faut-il qu'un pouvoir ombrageux

Ait, en ce jour, rêvé de politiques jeux ?

Pourquoi ?... mais dépouillons cette faiblesse humaine :

Le devoir est, ici, d'abjurer toute haine ;

Si nous voulons frapper nos derniers rejetons,

Soyons juges demain, aujourd'hui racontons :

Le docile convoi lentement s'achemine...

Il sait qu'avec orgueil la France l'examine,

Et que, rendant au preux un fraternel accueil,

L'ombre de l'Empereur descend sur le cercueil !

Pour saluer cette ombre, aimée au corps-de-garde,

Les jeunes fantassins préposés à sa garde,

Devant leur poste vide, en ligne sont rangés :

Pour ces guerriers, granddieu ! que les tems sont changés !

Soudain, un chef obscur, complice du désordre,

Au fond de leur prison les refoule PAR ORDRE ! (4)

Oh ! vous tous, qui montez au bronze énorgueilli,

Vainqueurs ! sans doute alors vous aurez tressailli !

Et le peuple ? il est calme ; il les méprise encore

Ceux qu'il voit insulter au lambeau tricolore,

Il dit : le châtiment leur tombera des cieux...

Puis il reprend son pas, triste et silencieux !

La main de l'Eternel en vain crève la nue,

Au milieu de la pluie, il marche tête nue ;

Il marche le front bas, contemplant son pavé,

Où le sang qu'il perdit n'a pas été lavé...

Mais bientôt le cortège, élancé par rafales,

Longe du boulevart les portes triomphales ;

Là, de nouveaux efforts sont faits pour le troubler !

(C'est la vérité seule encor qui va parler)

Un ignoble sergent, provocateur servile,

Ose, sur un drapeau, blasonner sa main vile, (5)

Et celui qu'il salit, pour gagner son brevet,

Sur fond bleu, porte en rouge : **UNION DE JUILLET** !

Une lutte s'engage ; en vain de son épée

L'agresseur veut frapper, cette audace est trompée...

Un sang fige pourtant sur le fer assassin :

Oui ; le porte-étendard l'a brisé sur son sein,

Et ses jeunes amis, qu'anime un saint courage,

L'emportent, dans leurs bras, en comprimant sa rage...

Le Peuple a vu cela, mais, plein d'un triste émoi,

Sans relâche, il poursuit le chemin du convoi.

Eh bien ! qu'en a-t-on fait de l'agent subalterne,

Tigre malencontreux sorti de sa caverne,

Dites? Ceux qui l'ont pris, dans ce délit flagrant,

L'ont-ils vu crier : grâce ! à leurs pieds expirant?

Non ; ils ont respecté l'ennemi sans défense,

Ils se sont contenus, sans oublier l'offense ;

Et, maintenant, voyez : un sarcasme railleur

Lui fait courber le front ; le civique artilleur,

Aux yeux de ses pareils, le traîne à la remorque !!! (6)

Voilà des argumens qu'avec peine on rétorque ;

Voilà des faits patents, des faits qui parlent haut

A qui viendra, plus tard, nous crier : **ÉCHAFAUD** !

Ainsi, de place en place, une main sacrilége,

Sans être jamais lasse, entrave le cortége :

La masse est là, toujours impassible et debout,

Mais, dans ses rangs pressés, le fiel fermente et bout...

Elle voit accourir, avec leur auréole,

Les Élèves bouillans, transfuges de l'École ;

Et le mouchard dénonce, à ses patrons béants,

Cette *poule aux œufs d'or* qui vient d'ouvrir ses flancs. (7)

Bientôt nous allons voir se dérouler la trame

Qu'on ourdit en secret pour le terrible drame ;

Là, surtout, notre esprit, dans sa lucidité,

Saura montrer le crime avec sa nudité.

La Bastille est passée : oh ! pour peindre la scène,

Descendons le canal jusqu'aux bords de la Seine ;

Disons ce qui s'y passe et quel bras criminel
Ose, sur un cercueil, provoquer le cartel.

Devant le pont de fer que baptisa la gloire,
S'élève un catafalque où plane la victoire ;
Plus bas, le corbillard ceint d'immortelles fleurs,
Etale son drap noir semé de blanches pleurs ;
Tableau prestigieux ! la foule désolée
Heurte, à flots bouillonnans, le pied du mausolée ;
C'est l'abîme où chacun veut se plonger pour voir,
Et, vers ce large gouffre, absorbant réservoir,
Grossis de vingt torrens, battus de vingt tempêtes,
Roulent par tourbillons mille fleuves de têtes !

Voyez-vous ? le zénith découvre son azur,
Mais l'horizon lointain garde un nuage obscur...

Cependant ses amis, ses frères de tribune,

Interprètes fervens de la douleur commune,

Dans le feu qui jaillit de leurs pieux accents,

Consacrent à Lamarque un noble et pur encens ;

Le peuple les écoute : au récit des merveilles,

Que ne peut effacer la torpeur de ses veilles,

Il a compris le vœu du grand Napoléon...

Un orateur soudain s'écrie : *Au Panthéon,*

Le BRAS-DROIT du Héros, le vainqueur de Caprée ! (8)

Et l'écho lui répond comme une voix sacrée :

Oui, vengeance ! lavons le solennel affront

Qu'au pied de la colonne ils ont mis sur son front !

Au Panthéon !!! l'éclair qui fend l'air et qui passe,

Est moins prompt que ce cri bondissant dans l'espace (9) ;

Moins rapide en son jet, par le verre excité,

S'infiltre et fuit le feu de l'électricité ;

Hélas ! sourd à la voix de ces masses profondes,

Déjà s'est éloigné *le Héros des Deux-Mondes,* (10)

Et tous ceux qui criaient : *Lamarque, honneur à toi!*

Comme lui, trop prudens, désertent le convoi...

Cependant le cercueil que le peuple soulève,

S'ébranle!... Mais, soudain, retentit sur la Grève

Un bruit sourd, apporté du quai des Célestins : (11)

Bruit fatal! qui réveille en sursaut les destins...

D'où part-il? quelle main, sur la foule mouvante,

Laisse tomber ce glas, ce tocsin d'épouvante?

Entre les deux partis, déjà trop irrités,

Qui donc porte un défi?... qui le porte!... écoutez :

Là-bas, voyez-vous tous, de ces nouveaux gendarmes,

Comme un reflet d'enfer, étinceler les armes?

Voyez-vous ces dragons, à dessein embusqués,

Balayer devant eux le bord désert des quais?... (12)

. . . .

. . . .

Devinez, maintenant, l'énigme sanguinaire;

Puis jetez-en la clé sur le Sphinx doctrinaire :

Dites que le défi, que le premier trépas

Vient de lui, de lui seul... on ne vous croira pas!!!

Pourtant, au bruit de mort, frappé d'intelligence,

Du populaire enclos l'écho répond : Vengeance!

Les athlétiques bras, qui portaient le cercueil,

S'arrêtent, énervés par un frisson de deuil ;

De surprise et d'horreur un instant ébranlée,

La masse se refoule au pied du mausolée;

Mais bientôt, aux refrains de l'hymne du Départ,

Sur le pont du canal, s'improvise un rempart : (13)

Ainsi qu'aux trois grands jours, la barricade sainte

Offre au peuple attaqué sa tutélaire enceinte,

Et, contre les chevaux par élans soulevés,

Se dresse en un clin-d'œil un long mur de pavés...

Place! place! un blessé, soutenu par des frères,

Monte, en râlant son fiel, les degrés funéraires! (14)

Fuyez! fuyez! là-bas, un sabre rouge en main,

Le Centaure, au galop, se laboure un chemin... (15)

Déjà, de son torrent inondant chaque rue,

La foule vengeresse en désordre se rue...

Et son cri de fureur qui supplée aux tambours,

Comme un beffroi sonore ameute les faubourgs!!!(16)

Déjà... mais, dans ce cadre, en passant trop rapide,

N'ai-je point oublié quelque rayon perfide?

Au milieu du chaos, jaloux de marcher droit,

N'ai-je point esquissé sur un plan trop étroit?

Hélas! je n'ai pas dit qu'à travers le tumulte

On avait vu sortir, de sa tannière occulte,

Un fantôme à cheval qui montrait, en passant, (17)

LE HIDEUX BONNET ROUGE ET LE DRAPEAU DE SANG!!!

Non, non, je n'ai point dit cette manœuvre infâme !
Non ; mais, dans sa candeur, j'interrogeais mon âme,
La contraignant d'asseoir un doute injurieux,
J'en absolvais le peuple et je fermais les yeux !...

Oh ! qu'un voile profond tombe sur ce mystère ;
Qu'importe à la vengeance ?.., elle gagne à se taire !
Et nous, nous qu'elle a faits esclaves d'un devoir,
Oublieux du passé, tâchons de n'y plus voir !

La lutte est engagée : un noir amas d'intrigues
Du réservoir de haine a fracassé les digues ;
C'est une cataracte écumant sur le sol,
Une trombe que rien ne peut suivre en son vol ;
C'est un volcan qui bout, c'est un Vésuve esclave
Qui, long-temps comprimé, déchaîne enfin sa lave ;

C'est le Peuple qui veut ajouter un feuillet

A l'Épilogue saint du livre de Juillet.

Et pourtant ce volcan, cette sublime trombe,

Demain, viendra s'éteindre au sang d'une hécatombe !

Demain, demain, ô Peuple ! on verra, pour tout deuil,

Un coq lâche et doré chanter sur ton cercueil ! ! !

DEUXIÈME ÉPISODE.

LES BARRICADES.

Le noir pavé se replie en barrière,
Tout carrefour a sa digue de pierre ;
Mille Vaubans, ingénieurs nouveaux,
Ont enlacé la formidable chaîne ,
Et la solive aux aiguilles de chêne
Qui briseront le poitrail des chevaux !

Maintenant à minuit, dans ces lugubres scènes,
Attendons, pour fanal, les bombes de Vincennes:
Ce roi nous les promet, un roi tient son serment...
Il est beau de mourir dans un embrâsement !
Que la cour de Saint-Cloud monte à son Capitole.
Pour contempler Paris sous l'ardente coupole.

(L'Insurrection.)

Quand la rébellion triomphe , on la fait sainte ;

Alors qu'elle est vaincue , on étouffe sa plainte,

Et ses héros, mourant victimes du vainqueur,

Ne trouvent de pardon que dans leur propre cœur !

Mais, pour en effacer la sanglante mémoire,

Dans la tombe, avec eux, on n'étend pas l'histoire ;

Le Temps, juge implacable, en son austérité,

Les porte au tribunal de la postérité...

Quand l'astre du vaincu survit à sa défaite,

C'est un droit criminel que le droit de conquête ;

Le faible qu'on opprime, alors tombe en héros,

Et de ses ennemis fait autant de bourreaux !

Aujourd'hui, pour donner cours libre à sa colère,

Le droit vient-il ouvrir l'écluse populaire ?

Sourd aux vœux des passans, aux cris des matelots,

Est-ce un vent ennemi qui soulève ses flots ?..

Oh! devant tant de faits, balançons-nous encore ?..

Le peuple a vu ternir son fleuron tricolore,

Prodiguer les affronts, au Forum, en plein jour,

A l'illustre Défunt, objet de son amour!

Un suppôt ténébreux, sorti de sa tannière,

A souillé, devant tous, l'azur de sa bannière;

Comme pour lui verser le fiel du lendemain,

Un malfaisant génie a suivi son chemin;

Il l'a vu, déployant l'homicide tactique,

A bout-portant tirer sur sa garde civique; (18)

Il croit que le pouvoir, fauteur de ces exploits,

Mourant d'ordre légal, divorce avec les lois! (19)

Il le croit!!!...

       Le voilà qui change en embuscades

Ses vastes carrefours, flanqués de barricades,

Et partout son reflux, au formidable accueil,

Contre l'esquif royal fait surgir un écueil.

Mais où court cette foule, échevelée, en larmes,
A ces portes heurtant, que veut-elle ?. Des armes !
Des armes ! c'est le cri qu'elle pousse ; il lui faut
Ce soir vaincre, ou demain, monter à l'échafaud !
« Boutiquiers ! des fusils ! du salpêtre ! des balles !
« Entendez-vous, là-bas, ces hordes cannibales
« Frapper en rugissant nos frères égorgés ?..
« Ouvrez vos arsenaux ! il vont être vengés !! »

Malheur à l'imprudent qui ne veut pas entendre !
Le peuple, sur le seuil, n'a pas le temps d'attendre,
Et, brisant les verroux sous son poignet d'airain,
Dans l'arsenal qu'on ferme, il entre en souverain !

Ainsi, les mains de fer aux forges arrachées,
Sillonnent les faubourgs de profondes tranchées.

Saint-Antoine et Marceau, par des chemins connus,

Comme autant de lions déchaînent leurs Bras-Nus :

Ils viennent, ces héros, martyrs de l'indigence,

Aux maux qu'ils ont soufferts mesurer la vengeance...

Pitié ! pour mettre un terme à des tourmens sans fin,

Ils n'ont, eux, à dompter qu'un ennemi : la Faim !

La Faim ! c'est le bourreau dont les ongles putrides,

Sur leurs fronts basanés, creusent ces larges rides ;

C'est le vautour rongeur, le vampire assassin

Qui sans cesse et toujours leur dévore le sein !

Ils veulent, nourrissant peut-être une chimère,

Apporter un remède à cette vie amère ;

Et le grand *memento* du docteur consulté

Ne prescrit, pour salut, qu'un mot : LA LIBERTÉ !!

Dignes fils des trois-jours ! ils sont là, sur la brèche,
Découvrant leur poitrine où la blessure est fraîche...
Ils attendent, hélas ! l'œil fixe, le front haut,
L'adversaire qui tarde et qui viendra trop tôt !!!

Oh ! quittons-les ces lieux qu'ébranle, par saccades,
Le feu des pelotons contre les barricades !
Quittons ce premier point qu'un peuple d'hommes forts
Protège vainement de ses puissans efforts....
Demain, avant qu'ait lui l'aube des grandes scènes,
Arriveront, par-là, les canons de Vincennes,
Et, sur le sol meurtri des faubourgs de Paris,
Plus rien, ne restera, que d'informes débris.... (20)

Laissons, laissons, peintre de la bataille,
Dans chaque poste où sa foudre s'abat,

Comme une Reine, au milieu du combat,

S'introniser la sublime Canaille :

Laissons partout son vaste camp s'asseoir,

Laissons bâtir ses redoutes de siége ;

C'est une mère, ô deuil ! qui dresse un piége

Où ses enfans viendront tomber ce soir...

Destin cruel ! la main de la victime

Forge au bourreau l'instrument de son crime !

Ces noirs pavés, en remparts affermis,

Où le félon s'est ouvert des refuges,

Verront, hélas ! des milliers de transfuges, (21)

Avec la nuit, passer aux ennemis !..

O trahison ! et la garde civique,

Dont les affronts ne seront pas vengés,

Stupide appui d'un pouvoir tyrannique ,

Viendra bientôt, fatale aux insurgés, (22)

Vociférer : **MORT A LA RÉPUBLIQUE !!!**

C'est que déjà la Sibylle des Cours

A fait surgir l'ombre de Robespierre... (23)

Épouvantail qu'elle exhume toujours;

Spectre sanglant qu'elle arrache à la bière,

Pour effrayer l'aveugle fourmilière ,

Quand un reflet du soleil des Trois-Jours

Vient éblouir la royale paupière!

Que le bon sens lui dresse un pilori...

Passons! passons ! là-bas, comme la houle,

Entendez-vous cette clameur qui roule...

Voilà le peuple!...

   OH!!! VOILÀ SAINT-MERRY !!!

Saint-Merry !! le beffroi de son cocher gothique

Jette cinq fois dans l'air un tocsin prophétique;

C'est l'heure où son ministre, allumant l'encensoir,

Adresse au Roi des Rois les prières du soir !

Oh ! bientôt monteront aux oreilles des anges
Des concerts inouïs et des hymnes étranges :
A cette tour chrétienne, hélas ! d'autres élus
Viendront bientôt sonner un terrible *Angelus !!*

Déjà, par cent chemins, la foule qui se rue,
Inonde le détroit de la fatale Rue,
Gibraltar où ses flots, écumant de courroux,
Répercutent ce cri : *Vengeons-nous ! vengeons-nous !*
Déjà l'ingénieur, le Vauban populaire,
Trace un plan défensif sur la borne angulaire :
Il faut qu'une tranchée, ouverte à Saint-Merry,
Partage Saint-Martin jusqu'à la rue Aubry ;
Il faut qu'un mur épais, cimenté par la boue,
Protège en combattant celui qui se dévoue,
O fortune ! et que l'eau qui jaillit du puisard, (25)
Se creuse un lit profond au pied de ce rempart !

C'est bien ; pour élever l'immense barricade,

Du front des insurgés, s'élance un *Camarade* :

De la voix et du geste, il indique aux passans

Le char d'un farinier qui vient des Innocens,

Et, joignant aussitôt l'exemple à la parole,

Lui-même a soulevé l'essieu de son épaule... (26)

Oh ! quel fut-il celui qui fit ce premier pas ?

Ecoutez ! ou plutôt, non, non, n'écoutez pas !!

Demain, quand les destins leur deviendront contraires,

Cet homme se fera le Judas de ses frères,

Et pour sauver sa tête, en face du Barreau,

Il les viendra livrer par vingtaine au bourreau ! (27)

Infamie ! et la croix que l'honneur entérine

Restera maculée à sa lâche poitrine !

Et, quand il passera, bouffi de son affront,

Devant lui l'Invalide inclinera son front !!! (28)

Cependant, pour bâtir la redoute puissante,

Les blocs de fer, le plomb, les débris de charpente,

Sur les monceaux de grés en remparts nivelés,

Du haut des toits voisins tombent amoncelés; (29)

Chacun jette, à-la-fois, son lest à la tempête,

Et, pour payer tribut à la sanglante fête,

Des fusils, que charrie un flot dévastateur, (30)

L'héroïque vandale arme son bras vengeur...

Oh! vienne, maintenant, que la digue est jetée,

Le Pouvoir cuirassé de sa horde hébétée;

Vienne l'Ogre des Cours au combat qu'il voulut;

Le Peuple lui ménage un terrible salut !

L'air a frémi huit fois; c'est l'heure solennelle, (31)

C'est l'heure du trépas: garde à toi, sentinelle !

Et vous, qui, par le droit, d'avance êtes absous,

Rebelles généreux, garde à vous! garde à vous!

Un chef parle ; à sa voix, la docile phalange,
Autour de la tranchée, immobile se range ;
O silence ! on n'entend sur les lèvres courir
Que ces magiques mots : *Vivre libre ou mourir!!!*

Voilà que, réveillant cette foule attentive,
Tout-à-coup retentit un sonore *Qui Vive !*....
Indicible moment, moment d'anxiété !!....
Amis ! répond l'écho, *vive la Liberté !!!*
Oh ! délire ! oh ! transports ! plus de vœux téméraires:
C'est un renfort d'amis, un bataillon de frères !
C'est un autre Juillet ! son soleil, de retour, (32)
Prédit à ses enfans L'AURORE D'UN BEAU JOUR!!!

L'espoir s'exale en cris ; mais un parlementaire,
Debout sur le rempart, fait signe de se taire ....

Il court au chef d'amis, et, lui tendant la main,

« *Serons-nous libres, frère, ou ce soir ou demain ?...* »

Pour réponse, ô terreur ! suivi de sa brigade,

L'imprudent officier franchit la barricade,

Et, colletant celui qui parle au nom de tous :

« Nous les tenons, dit-il, *victoire ! ils sont à nous !..* »(33)

O trois fois insensé, qui, soufflant sur la braise,

Jette une lave d'huile à l'ardente fournaise !

Téméraire, qui vient défier les charbons

Dont la flamme, en trois jours, dévora trois Bourbons!!!

Au risque de frapper leur frère qu'on entraîne, (34)

Le plomb des insurgés ricoche sur l'arène...

Et du chef harangueur, triste péroraison !

Mille coups ont soudain payé la trahison...

4

Tout a fui ! ! Mais déjà le sang qui fige à terre

Envenime la hasme et veut guerre pour guerre :

Du sang !... Ils l'ont voulu... qu'il fume au carrefour

Puisqu'il doit présager L'AURORE D'UN BEAU JOUR !

D'un beau jour... ô destin ! quelle est ta raillerie !..

L'aube qu'ils rêvent pure, hélas ! sera flétrie !

Au Soleil de Juillet, ton invisible main

Dispensa trois grands jours et point de lendemain !

Non, point de lendemain à ces belles journées...

Fils de la Liberté ! vos gloires sont fanées ;

L'héroïque vertu survit en vos cœurs, mais

Vos lauriers sont flétris, flétris à tout jamais !...

Une large moisson naissait après l'orage,

Et, laissant aux Intrus ce fruit de votre ouvrage,

Vos bras se sont croisés !.. Enfans ! le sort est las...

Vous l'appelez en vain, il ne vous entend pas !...

Allez ! sur les degrés d'une tombe rougie,

Il vous faudra long-temps pleurer sa léthargie !

Long-temps il vous faudra, sur vos autels de grès,

Avant qu'il ne s'éveille, exhaler des regrets !

Car, pour briser d'un coup le joug d'un Peuple esclave,

Pour engloutir un Roi sous une triple lave,

Pour broyer des Palais, pour faire des Héros,

Il faut au sort, parfois, quarante ans de repos !...

TROISIÈME ÉPISODE.

LE COMBAT.

Les bouches des canons trouaient au loin la foule,
Elle se refermait comme une mer qui roule ;
Et, de son râle affreux ameutant les faubourgs ,
Le tocsin haletant bondissait dans les tours...

V. Hugo.

C'est un instant de carnage et d'effroi !
Oh ! qui t'a fait ces longues agonies ?
Quel Dieu cruel te voue aux gémonies ?
Est-ce un Vandale ?.. ô Paris ! c'est ton roi !!!

(L'Insurrection.)

Comme un vaste linceul que l'horison déroule

Sur l'immense Paris, la nuit tombe; et la foule,

Océan convulsif, par l'orage excité,

De mille noirs courans sillonne la cité...

Nuit sans étoile! nuit de mort, qui glace l'âme!

Le gaz éblouissant, ce soir, n'a point de flamme;

Ce soir, le citadin, dans la rue en passant,

Voit, au lieu de fanal, une corde qui pend!..

La femme abandonnée, en cet instant de crise,

A son balcon fleuri, n'ose aspirer la brise;

Tout se ferme : partout, ainsi qu'aux jours de deuil,

Les grillés des bazars retombent sur leur seuil...

Oh! vous, qui, sous les toits, abritez votre vie,

Vous qui cachez votre or que personne n'envie,

Maudits! vous qui croyez vous soustraire au remords,

Priez! priez plutôt : c'est la veille des Morts!...

Tenez! entendez-vous ces tintemens funèbres,

Sons lugubres, vibrant au milieu des ténèbres?..

C'est la cloche d'alarme; écoutez : ce beffroi

Sonne, sonne le glas ou d'un peuple ou d'un roi...(35)

Oh ! tandis que la nuit des faubourgs à la Grève (36)

Au funeste combat apporte quelque trève;

Tandis que le Pouvoir, engourdi de stupeur,

A ses pâles valets inocule sa peur;

Tandis que l'ouragan s'appaise pour s'accroître,

Essayons d'esquisser le grand tableau du Cloître;

Essayons de tracer, sous nos vierges crayons,

L'auréole du Peuple avec tous ses rayons;

Hâtons-nous! l'ennemi, qui dans l'ombre se glisse,

Aura bientôt rompu le nocturne armistice,

Et ce tableau magique, inouï désormais,

Si nous tardions encor, nous fuirait à jamais!...

Ici, pour renforcer la redoute première, (37)

Un groupe travailleur jette pierre sur pierre;

De Saint-Martin au Cloître et du Cloître aux Arcis,

Partout la barricade élève ses glacis :

Car, ce soir, pour murer l'angle de chaque rue,

Défiant le trépas, la foule s'est accrue...

Et des mille vengeurs que l'on voit accourir,

Quarante au plus, hélas! demain viendront mourir!(38)

Là, c'est un chant guerrier, c'est un refrain sublime

Qui part d'un cercle épais que la vengeance anime;

Chantez, nobles enfans! chantez devant la mort! (39)

C'est montrer que vos cœurs sont purs de tout remord...

Plus loin, sur le rempart, un fusil étincelle,

Dans l'ombre un glaive luit... c'est une sentinelle;

Son œil de l'horizon fouille l'obscurité,

Et sa bouche redit ce saint mot : LIBERTÉ...

Mais laissons-la veiller jusqu'à la suprème heure ; (40)

Minuit sonne : peignons la scène intérieure ;

Ces tableaux inédits et que d'intimes voix

A notre oreille avide ont contés tant de fois...

Passons le seuil maudit de ce **NUMÉRO TRENTE** (41),

Thermopyles de Juin ! Mont-St-Jean des **QUARANTE** !

Tombe que les efforts de cent mille soldats (42)

N'ont qu'en deux jours creusée à nos *Léonidas !!!!*

C'est là que le cratère a comprimé sa lave :

Quel spectacle ! Au milieu de la cour qu'on dépave,

Sur un ardent réchaud où bouillonne le plomb,

L'homicide aliment dans le moule se fond ;

Les pluvieux conduits, arrachés de leurs dalles, (43)

Aux mains des insurgés se transforment en balles :

Tandis que sous les toits s'entassent les moëllons, (44)

Qui tomberont tantôt en meurtriers grêlons...

Mais, au premier, là haut, un tableau non moins digne

Offre à notre épopée une éclatante ligne ;

Quand au courage froid, l'honneur vient s'allier,

Quelqu'il soit, ce trait là ne saurait s'oublier :

Franchissons ces degrés où s'endort près du glaive (45)

L'élite des Héros ; ne troublons pas leur rêve...

Peut-être que, bercés d'un éphémère espoir,

L'Aurore du beau jour leur apparaît ce soir...

Peut-être qu'en un songe, oubliant leur souffrance,

Martyrs victorieux, ils tombent pour la France...

Oh ! qu'ils dorment long-temps de ce noble sommeil !

Un trop cruel destin les attend au réveil,

Qu'ils reposent en paix ! là-bas, leurs camarades,

Epiant l'ennemi, veillent aux barricades ;

Ceux-ci moulent le plomb, ceux-là montent le grès ;

Tous hâtent du combat les meurtriers apprêts...

Voyez : ils sont là six, autour de cette table (46)

Où, suant une odeur fétide, insupportable,

Quatre graisseux flambeaux, aux quatre angles fixés,

Lancent des jets de feu, par le vent dispersés;

Et devant eux, pourtant, la poudre s'amoncèle...

Imprudens ! un atòme, un rien, une étincelle

Echappée, entre mille, aux vacillants flambeaux,

Peut les foudroyer tous et creuser cent tombeaux!!!

Mais qu'importe! la mort n'est pas ce qui les touche;

La mort! la craignent-ils, en roulant la cartouche !

La craignent-ils, grand Dieu ! d'un hasard assassin,

Quand l'enivrant salpêtre électrise leur sein...

Non, non, ce jeu sanglant veut des chances contraires:

Rebelles généreux! à mourir tous en frères,

Le trépas serait doux; mais un injuste sort,

Avec d'autres douleurs, vous garde une autre mort!

C'est ainsi que la nuit, lente pour la vengeance,

Consumée en travaux, plus rapide s'avance;

Enfin elle a passé ; l'aube pâle du jour

De Saint-Merry déjà blanchit la vieille tour...

Répondant aux échos du tambour qui résonne,

Sur la grande cité l'airain trois fois frissonne ;

Le Satan du pouvoir, et par vaux et par monts,

Partout, avec l'aurore a semé ses démons...

Au nocturne sabbat, les infernaux ministres

Ont ourdi des complots et des trames sinistres ;

Et ce matin, léchant les pieds du potentat,

Leurs voix lui hurlent : SIRE ! IL FAUT UN COUP D'ÉTAT !

Sauvez des D'ORLÉANS *la race* BIEN-AIMÉE !

Pour dompter la Révolte, évoquez une armée,

Cent mille hommes d'élite... A votre trône, il faut

SIRE ! *pour piédestal...* LE BAGNE ET L'ÉCHAFAUD !!!

Quelle audace ! et le Roi n'a pas maudit leur trame !

Et l'aveugle Monarque, oublieux du Programme,

Oublieux des remords de son féal cousin,

N'a pas mis son *veto* sur leur lâche dessein !...

Ils sont forts maintenant....ou du moins ils le croient;

Car la branche se rompt en leurs mains...ils se noient.

Dans le grand tourbillon ils pourront surnager,

Mais son flot, tôt ou tard, les viendra submerger.

Écoutez-les flatter, d'une langue traîtresse,

La Banlieue accourue à leurs cris de détresse;

Voyez-les dénombrer ces grotesques soldats,

Transfuges de leurs champs qu'ils ne reverront pas...

Qui laissent, en quittant leurs agrestes collines,

Des femmes sans époux, des filles orphelines...

Pauvres gens ! Et pour qui ?... Pour un Juste Milieu,

Qui, dans Clichy, plus tard, mitraillera leur Dieu ! (47)

Qu'importe ! ils sont venus : leurs bandes matinales

Accourent au combat comme à des saturnales !

Pour fasciner leurs yeux, esclaves de l'erreur,

Le Pouvoir n'a jeté qu'un seul mot : LA TERREUR !

Et pour eux ce jour triste est presqu'un jour de fête...

Crédules à la voix de leur royal prophète,

Ils veulent TOUT TUER, ils veulent EN FINIR...

Insensés ! tûront-ils l'immuable avenir ?...

Ils pourront, massacrant une horde héroïque,

Temporiser, peut-être, avec la RÉPUBLIQUE :

Mais, à remettre à flot un vaisseau démâté,

Pourront-ils en finir avec la LIBERTÉ ?..

Enfin l'heure a sonné : pour l'immense bataille,

Chacun des deux partis se grandit à sa taille ;

Tout est prêt pour l'assaut : en ce moment d'effroi,

Comme un funèbre écho, rebondit dans l'espace,

Avec le bruit des pas du bataillon qui passe,

    Le glas prolongé du beffroi...

Ecoutez ! écoutez ! déjà la fusillade

Eclate, à Saint-Merry, contre la barricade :

Les feux sont incessans, terribles ; vains efforts !

Les rebelles toujours sont debout... et l'armée,

Entre un double horizon de flamme et de fumée,

    N'a d'autre rempart que ses morts !!!

Mais, hélas ! au milieu de la sanglante lice,

Quel démon a vomi cette ignoble milice,

Ces bataillons maudits que marqua l'argousin ?

Quel infernal génie a lancé cette peste ?

De quel infect égoût, de quel guêpier funeste

    Pullule cet horrible essaim ?..

Cet essaim de forçats, que l'opprobre accompagne,

Qui portent incrusté le noir cachet du bagne !

                            5

Titulaires du vol ! assassins libérés,

Qui ne verront, ô deuil ! en hâtant la victoire,

Qu'un salaire à gagner et que du sang à boire

Sur des cadavres massacrés !!!

En vain, pour déguiser leur infame origine,

D'un habit clandestin couvrent-ils leur poitrine :

Du civique uniforme en vain sont-ils masqués :

Aux obliques regards de leurs faces d'hyène,

On voit que ce troupeau, tout rongé de gangrène,

Part de la Sodôme des quais...

Oh ! si l'armée eût su quels lâches frères d'armes

Secondaient ses efforts, en ce moment d'alarmes,

Contre le choc mortel de nos Républicains,

Oh ! sans doute qu'alors, dans sa fougue guerrière,

Elle eût, soudain, tourné la balle meurtrière

    Contre ces fangeux mannequins !

Mais non : toujours, toujours la fusillade roule ;

Il semble, dans le feu, que Saint-Merry s'écroule...

Et le rempart, pourtant, rien ne peut l'ébrécher !

C'est un mur de granit qui résiste à la foudre,

Ou qui se démantèle, et qui réduit en poudre

    L'imprudent qui l'ose approcher...

Car la Révolte est là, comme une hydre vivace ;

Le nombre est dans son camp suppléé par l'audace :

La poudre y manque-t-elle ?... en avant ! dix héros,

Du métier de la guerre osant l'apprentissage,

La baïonnette au poing, se creusent un passage

    Entre mille de leurs bourreaux ! (48)

Puis le feu qui tombait, plus nourri, recommence :

A flots, le sang ruisselle, et, dans la ville immense,

L'assourdissant tambour promène son tocsin!...

Le Pouvoir aux abois ramasse ses recrues

Et les jette au milieu des dévorantes rues,

 Comme dans un gouffre assassin !

Le duel meurtrier, sur son étroit théâtre,

Toujours, de plus en plus, se fait opiniâtre ;

C'est un drame de sang ! drame de désespoir,

Qu'une maudite main, sans doute, nous déroule !

La scène : est à Paris! le héros : c'est la foule !

 Et le traître : c'est le Pouvoir !

Ainsi, sans étouffer leur mutuelle rage,

Douze heures de combat, douze heures de courage

Tiennent les deux partis haletans et debout !

Qui pourrait dire encor si la troupe rebelle,

Ici, comme à Saint-Roch, doit tomber immortelle,

    Ou ressusciter un Dix-Août !

Oh ! que de nobles traits d'héroïsme et de gloire,

Dans cette grande lutte, inconnus pour l'histoire...

Combien de hauts-faits, morts pour l'immortalité !

Combien les insurgés, dans leurs tragiques rôles,

N'éparpillaient-ils pas de sublimes paroles

    Au vent de la postérité !...

Onze fois, sous le feu de l'assaillante armée,

La barricade passe et n'est point entamée !

Oh ! si jusqu'à la nuit peut tinter le beffroi !

Si la bataille peut se prolonger encore

Jusqu'à la fin du jour, demain, avec l'aurore,

Paris ! tu n'auras plus de Roi !!!

Mais l'implacable nuit viendra lente et tardive :

Quand un peuple est armé contre la récidive,

La victoire, parfois, trahit son dévoûment...

Un Roi ne s'enfuit plus , maintenant, à Varennes...

De tout drame civil les canons de Vincennes

    Précipitent le dénoûment !!!

Oui, c'est le dénoûment ! c'est la fin obligée !

Quand l'astre du Pouvoir est à son périgée,

Quand le Prince se voit prêt de perdre son nom,

Il appelle à son aide, un Dieu ; c'est le canon !

Le canon qui foudroie et vomit la mitraille,

Qui renverse créneaux, tours et pans de muraille,

Qui brise tout espoir, qui confond tous les vœux

Et dont la grande voix ne dit qu'un mot : **JE VEUX!**

Oh! c'est un Dieu cruel, c'est le Dieu du massacre!

Quand un Roi se fait oindre, il préside à son sacre...

Il tonne quand il passe... il tonne quand il sort...

Et, de la même voix, il annonce sa mort!

C'est ce Dieu que déjà la royauté flétrie

Implore, pour meurtrir le sein de la Patrie!

Courageux révoltés! vous allez voir bientôt,

Par quels degrés de gloire on monte à l'échafaud...

Vous allez voir, Enfans de la grande Patronne!

Combien de sang il faut pour cimenter un trône,

Et combien de héros, de martyrs, ont péri

Sous le royal canon du cloître Saint-Merry.

[illegible]

[illegible]

[illegible]

[illegible]

[illegible] AE 81

Qui [illegible]

QUATRIÈME ÉPISODE.

Laissez-moi !... dans l'arène, avant de redescendre,
Que mon immense deuil se roule dans la cendre...
Laissez-moi déchirer ma tunique ; je veux
Souiller d'un vil limon ma barbe et mes cheveux !...
Pétrir l'impure fange avec mon pain azime !
Maudire de Juillet le second millésime,
Et, ployant sous le poids d'un inutile effort,
Pavoiser *mon vélin* d'une écharpe de mort !!!

(UN APOSTAT.)

Enfin l'heure est venue où le Pouvoir qui tombe,

Se relevant meurtri, va combler l'hécatombe !

Ainsi galvanisé dans un dernier effort,

Le tigre, en succombant, se venge par la mort !

Oh Néron ! type infame, honoré du nom d'homme !

Quand ta voix décréta l'embrâsement de Rome,

Quand, jusques sous tes pieds, grondait l'immense feu,

Quand tout, autour de toi, s'écroulait, c'était peu !

C'était peu... que n'as-tu deviné, pour ta joie,

La bombe incendiaire et l'obus qui foudroie ?

Que n'as-tu deviné le salpêtre qui bout,

Et le canon qui fend mille fronts d'un seul coup ?...

Monstre-Roi ! c'eût été digne de toi, sans doute !

Un autre en infamie est passé maître ! Ecoute :

Le signal est donné : par Nicolas-des-Champs,

Par le pont Notre-Dame et par les Innocens,

Vincenne est arrivé ; déjà sa triple foudre

Sillonne les remparts qui s'écroulent en poudre ;

Déjà les biscaïens, dans le bronze enclavés,

Bondissant sur le sol, fracassent les pavés...

Tout s'efface, broyé par l'ardente mitraille ;

C'est un vaste carnage, une horrible bataille

Où les jeunes héros, dont on perdra le nom,

Tombent, comme fauchés sous le feu du canon !...

Eh bien ! puisque la mort dans la rue est flagrante,

Qu'en forteresse on change, et le NUMÉRO TRENTE,

Et les hôtels voisins que l'obus n'atteint pas...

Insensés ! dans la tombe encor, c'est faire un pas !

C'est donner le champ libre aux massacreurs... qu'importe?

Un rempart de pavés barricade la porte,

Le grès qui tue est là, si la poudre tarit...

Dans le NUMÉRO TRENTE on gagnera la nuit !

Oui, belliqueux enfans ! sous ce toit qui s'écroule,

Sous ce feu, mugissant comme une mer qui roule,

Pour saluer d'espoir un avenir plus beau,

Vous gagnerez la nuit.... mais la nuit du tombeau ! (49)

Voyez-vous?.. Les canons, encloués sur la halle,
Vous dispensent de front leur mitraille royale...
Malheur! c'est une grêle, au flot incandescent,
Qui tombe, frappe et tue, et qui bout dans le sang!..
Malheur! trois fois malheur! ce déluge de flammes,
Que le bronze vomit en foudroyantes lames,
Ce torrent meurtrier qui gronde, qui fend l'air,
Et ces rouges boulets aussi prompts que l'éclair,
Tout, nobles combattans! tout vous creuse une tombe,
Et la Liberté pleure à chaque éclat qui tombe...
Frémissez!.. car, au loin, dans son horrible émoi,
La troupe, ivre de sang, hurle : **VIVE LE ROI**! (5o)

Oh! quand déjà partout le fort se démantèle,
La valeur des héros, dites! se dément-elle?
Quand les remparts entiers tombent sous le canon,
Vont-ils capituler? vont-ils se rendre?.. Non!

Au fracas des boulets, sur ce palier qui tremble,
Une voix bien connue en cercle les rassemble;
C'est la voix d'un bon ange.... aux QUARANTE héros,
Comme un pieux oracle, elle adresse ces mots :

« *Tout espoir est perdu ; ce n'est pas le courage*

« *Qui vous manque, non, non ; ce serait faire outrage*

« *A vos nobles vertus, flagrantes en ce lieu !*

« *Mais c'est assez de sang !... fuyez, au nom de Dieu !*

« *Fuyez ! chaque seconde est un siècle qui passe,*

« *Siècle que vengera votre vainqueur rapace !..*

« *Au nom de vos blessés qu'il foulerait aux pieds,*

« *Tandis qu'il en est tems, fuyez ! amis, fuyez !!!* » (51)

Et son doigt leur montrait une secrète issue,
Une facile route encore inaperçue...
Et ses yeux supplians, certains de les revoir,
Sous des pleurs douloureux, brillaient déjà d'espoir...

Hélas! un mot, soudain, a détruit cette joie :
O destin! rien ne peut t'arracher cette proie…
Le cercle s'est ouvert, et, dans un triste accord,
On entend murmurer : la mort! la mort! la mort!
Généreux dévoûment! sans que la mort le glace,
Tant qu'un seul des martyrs restera sur la place,
Il lui faudra lutter, lutter toujours, ô deuil!
Jusqu'à ce qu'un cadavre ait roulé sur le seuil !!!..

Le sort en est jeté; chacun vole à son poste;
Le plomb, du haut des toits, aux biscaïens riposte :
Sur les groupes massifs d'aventureux soldats,
Les cailloux bondissans retombent en éclats :
Mais le fort plonge en vain son pied dans le carnage;
Sur ce fleuve de sang l'hydre des cours surnage…
Le bronze toujours tonne, et, pour le lendemain,
A travers ces débris, creuse un royal chemin !!!

Oh! le Roi!... que fait-il, tandis que la patrie

Contemple avec effroi sa bannière meurtrie,

Tandis que ses valets, ses passifs bataillons

Dans la ville éplorée ouvrent d'affreux sillons?...

Que fait-il maintenant?.. que fait-il à cette heure,

Où tout homme s'émeut, où tout citoyen pleure,

Où notre France perd ses fils aux rêves d'or,

Qu'elle peut accuser, mais qu'elle admire encor?...

Que fait, que fait le Roi de la grande Semaine, (52)

Ce Roi né de Juillet, dites?... IL SE PROMÈNE!!!

Il se promène! et ceux qui font tous nos malheurs,

Pour lui cacher le deuil, sèment ses pas de fleurs?...

Voilà ce que l'histoire un jour dira sans doute!

Elle dira qu'un homme, égaré dans sa route,

Un homme, rétrograde à la marche des ans,

Pour flatter son erreur, trouva des courtisans!...

5*

Oui, la Postérité dans son rauque anathême,

Maudira les fauteurs de ce lâche système!..

Oh ! vienne ce jury, libre de préjugés,

Qu'il soit juste pour tous, et nous serons vengés !!..

Hélas! que dire encor?...Comment peindre, sans haine,

Le déchirant tableau de la dernière scène?...

Comment, sans leur donner quelques larmes de deuil,

Exhumer, un par un, les martyrs du cercueil?...

Jusqu'au bout, faudra-t-il rester, comme eux, stoïques?

Oh ! non ; pleurons, pleurons ces mânes héroïques!

Qu'un grain de notre encens monte, pour eux, au ciel!

D'autres, sur leurs tombeaux, ont tant versé de fiel !..

Divine humanité ! toi qui les fis nos frères,

Couvre ton noble front de voiles funéraires...

Ferme, ferme les yeux au meurtre des héros !

Ils étaient égarés, pardonne à leurs bourreaux...

O terreur ! les voilà !... leur masse délirante

S'abat, comme un torrent sur le NUMÉRO TRENTE !

La hache des sapeurs, dévastateurs titrés,

Fait voler en éclats la porte... ils sont entrés !... (53)

Entendez-vous ces cris d'une voix furibonde :

« *Voltigeurs! en avant !.. la vengeance est féconde !..*(54)

« *Partout semez la mort, semez partout l'effroi...*

« *Point de pitié ! frappez...* C'EST SERVIR VOTRE ROI ?...»

Oh ! grâce ! épargnez-nous de compter les victimes ! (55)

Ne nous demandez pas la suite... il est des crimes

Que l'écrivain tremblant n'ose qualifier...

Pour croire à l'avenir, il les doit oublier !..

Oh ! pitié ! déchirons cette page funeste !

La plume se refuse à buriner le reste ;

Glissons vîte, glissons sur ce feuillet d'horreur...

Vieillards ! vous avez vu SEPTEMBRE, LA TERREUR,

Eh bien ! exhumez-là cette effroyable histoire,

Fouillez, à pleines mains, son hideux répertoire

Et vous saurez alors qui nous arrête ici...

Vous comprendrez pourquoi nous vous crions : merci !

Dix-sept héros, dix-sept, épargnés par les balles,

Sont tombés sous le fer des soldats cannibales...

Dix-sept, pour abreuver la rage du Pouvoir,

Ont péri, massacrés au sanglant abattoir...

Buvez ! buvez ce sang que la France déplore,

En voici du plus pur... vous en faut-il encore ?..

Vos bras à le verser ne sont-ils point lassés,

Dites ?.. dites, bourreaux ! en avez-vous assez ?..

Non ; comblez vos forfaits : à ce lâche carnage,

A cette boucherie ajoutez le pillage ! (56)

Vainqueurs dégénérés ! à tout-prix, vengez-vous !..

A vous cet or, à vous ces colliers, ces bijoux...

Consommez, en plein jour, ce vol à main armée;

Puis, des nobles vaincus souillez la renommée,

Attachez sur leurs fronts votre opprobre... et demain,

Félons! vous passerez le ruban rouge au sein...

. . . . / . . . .

Et Paris, du plus fort esclave tributaire,

Demain s'éveillera sous un joug militaire...

Pour décimer le Peuple et conserver le Roi,

Demain, le ministère aura brisé la loi !...

Demain, plus de repos pour les cœurs magnanimes!

Partout des échafauds et partout des victimes....

Demain, des hommes purs qu'idolâtre Paris,

La royale vengeance aura fait des proscrits !..

Puis un noir tombereau, de cadavres avide,

A plein trois fois chargé, reviendra trois fois vide,

Et s'en ira, trois fois, étaler le néant
Sur l'humide pavé d'un sépulchre béant....

Alors, malheur à ceux qu'oublia la mitraille !
Malheur aux survivans de la grande bataille !..
Le rancunier Pouvoir n'aura point de repos
Qu'il n'ait supplicié le dernier des héros !....
En tous lieux, à toute heure, avec la même rage,
Ses sbires traqueront les débris du naufrage...
Partout un nouveau piége entravera leur pas ;
Vivants, il leur faudra souffrir mille trépas !!..

Et quand, depuis le jour de la sanglante scène,
Douze rapides mois seront passés à peine,
Déjà pour la leçon des siècles à venir,
Plus rien n'en restera qu'un vague souvenir...

Plus rien ne parlera de la révolte éteinte,

Qu'un stigmate d'obus, une muette empreinte... (57)

Et, devant Saint-Merry, le passant arrêté,

Tout bas, dira parfois : **CI-GIT LA LIBERTÉ**!

* * *

(1) . . . . . Mais le peuple ; usant de représailles ,
Veut donner au Héros d'illustres funérailles.

Il est certain que le convoi du général Lamarque ne fût
que la représaille de celui de Casimir Perier.

Le Pouvoir avait organisé l'un : le Peuple unanime voulait protester par l'autre.

(2) Darde , du haut des cieux , un reflet sans pareil !

C'était chose curieuse et sublime que de voir, pendant ces
deux jours, le ciel s'azurer ou s'obscurcir, selon que les événemens prenaient une teinte plus sombre ou plus sereine.

6

C'est une remarque qui n'a pu nous échapper et qui, sans doute, est juste, de quelque du reste nom qu'on la veuille qualifier.

(3) . . . Parti du temple où la Gloire eut un dôme.

La *Madeleine*, comme on sait, avait été consacrée par l'Empereur à la Gloire.

(4) Soudain un chef obscur, complice du désordre,
   Au fond de leur prison les refoule *par ordre* !

Tout le monde connaît cette infamie du pouvoir ; aussi nous abstiendrons-nous de tout commentaire.

(5) Un ignoble sergent, provocateur servile,
   Ose, sur un drapeau, blâsonner se main vile.

Nous avons fait serment d'être vrai, de parler sans haine, qu'on pèse ce que nous avons dit, et l'on verra si la vérité nous guide, s'il y a du fiel dans nos paroles.

(6) . . . . Le civique artilleur,
   Aux yeux de ses pareils le traîne à la remorque !

On ne peut rien ajouter à ce que nous racontons de cette provocation ; témoin oculaire des faits, nous ne craignons pas d'être démenti ; chacun de nos vers d'ailleurs est appuyé ainsi sur une preuve irrécusable.

Les lâches agresseurs que l'on pouvait *empoigner* étaient aussitôt confiés aux patriotes artilleurs de la garde nationale, qui les préservaient ainsi de la vengeance, mais non des railleries de la foule irritée.

C'était pitié que de voir ces *infortunés* en butte à ces vexations, d'autant plus que personne ne s'attendrissait sur leur sort, pas même leurs patrons, qui les traitaient peut-être de *maladroits*.....

(7) Cette poule aux œufs d'or. . . . . . .

Napoléon appelait l'École Polytechnique *sa Poule aux œufs d'or.*

(8) Le BRAS-DROIT du Héros, le vainqueur de Caprée !

Lamarque, à la tête de douze cents baïonnettes françaises, emporta, sur le général anglais Hudson-Lowe, l'île inexpugnable de Caprée, défendue par une forte artillerie et plus de douze mille hommes de troupes.

(9) *Au Panthéon !* l'éclair qui fend l'air et qui passe ,
Est moins prompt que ce cri bondissant dans l'espace.

Ce fut encore-là, sans doute, une représaille du peuple, exaspéré d'avoir vu refuser au cercueil du guerrier les honneurs qui lui étaient dûs ; il voulait laver cet outrage, en présentant le corbillard au seuil du Panthéon.... Était-ce un tort ?...

(10) Déjà s'est éloigné *le Héros des deux mondes.*

C'est au moment où ce cri : au Panthéon ! retentissait dans la foule, que la voiture du général Lafayette, traînée par les hommes du peuple, passa le pont du Canal. On prétend, nous ne l'affirmons pourtant pas, que les premières balles ricochèrent sur cette voiture ; mais ce qui est authentique, ce qui est avéré, c'est que, jusqu'alors, aucune espèce de provocation n'avait eu lieu de la part du peuple, et qu'il avait d'ailleurs évidemment toute sa pensée tournée vers l'illustre mort, puisqu'il ne faisait retentir qu'un seul cri, qu'un cri unanime : au Panthéon !

(11) Un bruit sourd, apporté du quai des Célestins.

On crut d'abord, tant était loin de la pensée du peuple une aussi lâche agression, on crut d'abord, dis-je, que ces détonnations, répercutées par le fleuve, n'étaient autres que les décharges de la troupe qui saluait les dépouilles mortelles de son vieux général, à l'endroit où, selon le vœu du défunt, elle les allait voir s'éloigner pour toujours. Mais, hélas ! c'était une bien cruelle illusion, et la réalité ne devait pas tarder à la remplacer, comme elle avait déjà remplacé tant d'autres beaux rêves!...

(12) Voyez-vous ces dragons, à dessein embusqués,
Balayer devant eux le bord désert des quais?...

Ce que le Pouvoir aurait dû faire, après les 5 et 6 Juin, c'eût été de provoquer une enquête sur la charge des dragons au boulevart Bourdon; puisqu'il ne l'a pas fait, puisqu'il n'a pas même voulu s'expliquer, quoiqu'on l'ait amené mainte et mainte fois sur le terrain, c'est que l'épreuve lui a semblé périlleuse, ou tout au moins importune; il est bien permis de penser que, s'il avait cru pouvoir se laver de cette accusation devant le pays, ce mystère, qu'on a tant et si bien embrouillé, n'en serait plus un pour personne.

Quand les malheureux insurgés de Juin ont été amenés par sections sur les bancs de la Cour d'assises, quand ils ont voulu prouver, par des centaines de témoins, qui se seraient au besoin décuplés, que les dragons avaient les premiers déchargé leurs armes sur eux désarmés, qui a-t-on appelé pour les confondre? quel témoignage plus unanime et plus fort a-t-on appelé pour les abattre?... quelle voix enfin, quelle voix imposante est venue donner un démenti au cri de la France tout entière?.... La voix des hommes les plus intéressés à cacher la vérité; le témoignage de quelques passifs *sujets* du Gouvernement, celui des officiers mêmes qui, au boulevart Bourdon, ou sur les quais, commandaient la fatale colonne de dragons !...

Loin de nous, pourtant, loin de nous de vouloir mettre en doute la loyauté de ces militaires, de ces guerriers hoonrables ; mais, de bonne foi, était-ce bien eux que l'on auraitdû faire déposer ? était-ce bien eux qu'on aurait dû charger de jeter une lumière précise sur des faits, par lesquels ils étaient déjà tant compromis ?...

Non ; sincèrement nous ne le croyons pas : et tous les hommes sensés, tous les hommes raisonnables diront, comme nous, qu'on ne peut être juge et partie dans sa propre cause ; la justice n'admet, ne doit admettre la vérité que lorsqu'elle part, franche et sincère, d'une bouche désintéressée !

Or, nous le déclarons ici sans haine, comme sans crainte de nous tromper, *les dragons, sur le quai des Célestins et sur le boulevart Bourdon, ont chargé avant qu'aucune provocation ait eu lieu de la part du peuple ; ils ont chargé sans sommations préalables ; ils ont chargé sans motifs plausibles....* Et celui qui aurait une preuve, une seule preuve matérielle du contraire, nous l'adjurerions de la mettre au jour, persuadé que nous en trouverions, nous, cent mille pour venir à l'appui ce que nous avançons et pour lui désiller les yeux, s'il est encore possible de les avoir fascinés à ce point.

Le procès du *National,* après les 5 et 6 Juin, est sans doute bien décisif, puisqu'il y a été avéré que les premiers rapports parvenus à l'état-major dénonçaient les dragons comme ayant chargé sur le peuple sans provocation; mais nous nous abstiendrons d'énumérer nos preuves, nous les gardons pour une autre occasion, si elle se présente.

(13) Sur le pont du Canal s'improvise un rempart.

La première barricade fût dressée, comme par enchantement, en-deçà du pont du Canal, dès la première attaque de la troupe. Les dragons, poursuivis à coups de pierres, furent obligés de rebrousser chemin et de rentrer à leur caserne, d'où ils resortirent bientôt plus nombreux et plus irrités, deux de leurs chefs ayant déjà payé de leur sang leur injuste agression. Cette barricade, tout-à-fait improvisée, mit, du moins, la foule innombrable qui tourbillonnait derrière, en garde contre le choc de la cavalerie, si non contre l'atteinte du plomb des cavaliers.

(14) . . . . . . Un blessé, soutenu par des frères,
 Monte, en râlant son fiel, les degrés funéraires!

Ce blessé, frappé au front et debout sur le catafalque, te-

naît dans ses doigts crispés les dagues brisées des sergens de
ville provocateurs et criait d'une voix presque mourante :
Vengeance ! amis, vengeance ! on nous assassine !...

(15) Le Centaure, au galop, se laboure un chemin...

On ne dira pas que ces cavaliers respectaient plus la garde
nationale que le peuple , ils sabraient, massacraient tous
ceux qu'ils croyaient coupables d'avoir escorté le convoi; c'é-
tait déjà pour eux *une boucherie*, et, soit exaspération, soit
démence , ils se ruaient au hasard sur la foule traquée de
toutes parts.

La collision était alors concentrée entre la place de la
Bastille et le pont d'Austerlitz ; bientôt, elle allait s'agran-
dir , s'étendre ; se faire menaçante , immense... pour se ré-
trécir, se reconcentrer, mais toujours demeurer sanglante, plus
sanglante même , à mesure qu'elle se repliera sur le point
qui doit la voir mourir...

(16) Et son cri de fureur , qui supplée aux tambours ,
　　Comme un beffroi sonore ameute les faubourgs.

La foule désarmée , à l'aspect des dragons , qui accouraient
sabre nu, au grand galop de leurs chevaux, se replia en désordre vers le catafalque , mais cette position n'était pas te-

nable, à cause des balles qui sifflaient déjà de tous côtés et qui menaçaient de faire bientôt sur cette masse compacte un effroyable ravage ; aussi les plus effrayés ou les plus prudens se précipitèrent-ils dans les rues adjacentes, cherchant un refuge contre la mort, et criant aux citoyens, qui les regardaient passer, tout ébahis, sur le seuil de leurs maisons : *On assassine le peuple et la garde nationale ! vengeance ! aux Barricades !!!* et chacun, se regardant avec surprise et terreur, osait à peine croire une aussi infame trahison !...

(17) Un fantôme à cheval, qui montrait, en passant,
Le hideux bonnet rouge et le drapeau de sang.

Cet homme, le premier à qui nous ayons vu arborer un drapeau rouge, était effectivement à cheval ; sa figure est restée ineffaçablement gravée dans notre souvenir ; nous le reconnaîtrions entre mille, car il est des objets qui portent avec eux un tel cachet de terreur, qu'on n'a pas besoin de les voir deux fois pour ne jamais les oublier.

C'était un homme brun, aux traits fortement caractérisés, aux yeux noirs et perçans, avec de petites moustaches sans favoris : un chapeau noir à larges bords lui couvrait la tête et donnait à sa figure un air fantastique qui allait bien à la circonstance, dans laquelle il surgissait comme un spectre ; immobile par fois sur son cheval, on l'aurait pris pour un chef de

Guérillas ; il marchait sans escorte et semblait isolé au milieu du flot de peuple qui l'entourait ; on eût dit qu'une invisible main l'avait placé là , et que ne pouvant enfreindre cet ordre surhumain, il s'y résignait, impassible , sans crainte comme sans ennui.

> (18) Il l'a vu , déployant l'homicide tactique ,
>   A bout portant, tirer sur la garde civique....

La garde nationale a été , sur le boulevart Bourdon, chargée, comme le peuple, par les dragons ; c'est un fait qu'on ne nous contestera pas : il n'y a qu'une insigne mauvaise foi qui puisse le révoquer en doute, car, devant la justice même, ce point décisif a été sans aucun doute établi.

Que ce soit avant ou après le mystérieux conflit du pont du Canal, peu importe ; ceux qui en étaient éloignés devaient ignorer entièrement ce qui s'y était passé ; est-il donc extraordinaire qu'ils se soient crus trahis ? étaient-ils coupables alors de crier : *Vengeance! on assassine la garde nationale !!...*

> (19) Il croit que le Pouvoir. . . . .
>   Mourant d'ordre légal. . . . .

En tous cas, le peuple eût deviné cette naïveté du député *Viennet* : LA LÉGALITÉ NOUS TUE !!!...

(20) Et, sur le sol meurtri des faubourgs de Paris,
　　　Plus rien ne restera que d'informes débris !!!

Les barricades élevées dans le faubourg Saint-Antoine et les environs, furent à peu près toutes prises sur les deux heures du matin ; la résistance, qui, d'abord, paraissait devoir être opiniâtre, céda aux premiers assauts des troupes dirigées sur ce point. Quel peut avoir été la cause d'un découragement si subit ? c'est ce que nous n'osons approfondir ; tout ce qui nous est apparu dans ce mystère, c'est que le peuple jouait de malheur et que les plus prudents, ne voulant pas donner leur tête pour enjeu, abandonnaient la sanglante partie.

(21) . . . . Des milliers de transfuges...

Triste complément de ce que nous avons dit plus haut !...

(22) . . . . Mort à la République !!..

C'était le mot de ralliement des hommes incompréhensibles qui, après s'être vu charger, massacrer paa le Pouvoir, venaient le défendre et lui faire, pour ainsi dire, un bouclier de leurs corps ! les insensés !!

(23) C'est que déjà la sibylle des Cours
　　　A fait surgir l'ombre de Robespierre...

Sans doute, nous ne croyons pas nous tromper, voilà le

mot de l'inexplicable énigme; c'est toujours le nom de **Ro**-bespierre qui sert au Pouvoir à fasciner les yeux de nos gar-des bourgeois; les grands enfans! ils croient encore à *Croque-Mitaine!!...*

(24) . . . . La fatale rue!...

La rue Saint-Martin, qui allait devenir le foyer de la ré-volte, pour en être plus tard le tombeau.

(25) . . . . . L'eau qui jaillit du puisard...

A l'angle de la rue Saint-Merry, vis-à-vis celle Aubry-le-Boucher, se trouve une borne-fontaine : c'est ce puisard pu-blic que nous avons voulu désigner; les insurgés avaient creusé, au pied de la barricade Saint-Merry, un fossé assez profond qu'ils avaient par ce moyen facilement rempli d'eau.

Nous ne donnerons pas d'autres détails sur cette fameuse barricade, elle a été assez décrite par les journaux ; quand la brèche est faite au rempart, on ne la rebâtit qu'en un jour de victoire...

(26) Le char d'un farinier qui vient des Innocens..

La barricade Saint-Merry fut construite à l'aide du renver-sement d'une voiture destinée au transport des farines et de

l'enlèvement des échafaudages et de la clôture en planches
d'une maison en démolition dans la rue Aubry-le-Boucher.

(27) Il les viendra livrer par vingtaine au bourreau...

« Qu'un homme, compromis dans une poursuite crimi-
» nelle, emploie tous les moyens pour s'en tirer, je le
» conçois ; mais ce que je ne conçois pas, ce qui bouleverse
» ma pensée et m'enlève jusqu'à la faculté de l'exprimer,
» c'est de voir cet homme, cet homme qui est là, cet homme
» qui s'est battu avec nous le 5, qui s'est battu avec nous le
» 6, venir accuser lâchement des hommes dont il devrait au
» moins respecter l'infortune !...

» Qu'on entende tout le quartier, et l'on saura que le 5,
» cet homme a contribué à ériger la barricade ; on saura que
» le 5, jusqu'à onze heures du soir, il s'est battu avec nous,
» à côté de moi... Le lendemain, dès cinq heures du matin, il
» est revenu ; il s'est encore battu à côté de moi, et, je l'ad-
» jure ici de le déclarer, il me disait en faisant le coup de
» feu : *Allons, mon vieux !* (il me connaissait depuis les
» journées de Juillet) *allons, mon vieux !* (passez-moi l'ex-
» pression) *nous allons leur en f..... à ces gueusards-là...*
» *tiens, mon vieux ! mon fils... il est là, à côté, qui se*
» *peigne dur ; et ma vieille, elle est là aussi qui fait des*
» *cartouches ; toute la famille s'en mêle.....* Voilà ce qu'il

» disait... cet homme s'est retiré à onze heures du matin, il
» a eu peur..... c'est un lâche !!!... »

(Jeanne, *procès des 22 accusés du cloitre Saint-Merry.*)

(28) Devant lui , l'invalide inclinera son front !!!

Le Judas est maintenant aux Invalides..... c'est tout dire.

(29) Du haut des toits voisins tombent amoncelés :

Nous avons dit plus haut que les charpentes et les décombres d'une maison en démolition au coin de la rue Aubry-le-Boucher avaient servi en partie à construire la première barricade qui joignait la rue Saint-Merry à la rue Aubry-le-Boucher, en coupant la rue Saint-Martin.

(3o) Des fusils, que charrie un flot dévastateur...

Ces fusils provenaient des magasins de M. Blanc, marchand d'armes, rue Saint-Martin, n° 3o. Il était alors environ 7 heures du soir; la barricade n'était pas encore achevée.

(31) L'air a frémi huit fois ; c'est l'heure solennelle.

Ce fut vers 8 heures, que le premier engagement eût lieu sur ce point. Une colonne de trois ou quatre cents hommes de garde nationale se présenta devant la barricade , comme nous l'avons dit, à peine achevée ; on les reçut sans méfiance les prenant pour des amis ; mais à peine avaient-ils franchi cette barricade, qu'ils se jetèrent sur les insurgés, en criant : *Coquins ! nous vous tenons !...* on répondit par une décharge... ne l'avaient-ils pas provoquée et le droit n'était-il pas encore ici pour les insurgés ?...

(32) . . . . . L'AURORE D'UN BEAU JOUR...

Nous devons sans doute l'explication du titre que nous avons choisi : on pourrait le prendre pour une raillerie, et Dieu nous garde de vouloir railler sur un pareil sujet ! La scène qui amène ici ces quatre mots les explique déjà, mais d'autres commentaires ne seront peut-être pas inutiles.

M. l'avocat-général Delapalme dans le procès des 22 a dit :

« On voulait proclamer la République ! oui, messieurs,
» dans nos sanglantes annales souvent s'est présenté ce nom,
» souvent il nous a épouvantés ; au mois de Juin, le sang
» versé devait en faire naître l'aurore... les témoins en ont dé-
» posé ; ce sang de nos concitoyens présageait L'AURORE
» D'UN BEAU JOUR !...

» Ainsi, pour elle, les soutiens de cent familles succom-
» bent, de vieux soldats, de généreux citoyens succombent...

» c'est *l'aurore d'un beau jour!!...* et sur ces cadavres on
» crie : Vive la République ! »

L'aurore d'un beau jour !! nous les avons recueillies ces
paroles, en en tirant toutefois d'autres inductions que M. l'a-
vocat du roi : elles révèlent bien tout ce que Juin a de mystérieux, de surnaturel ; c'est l'expression intime des senti-
mens qui animaient les héros de Saint-Merry ; c'est tout un
passé, tout un avenir ; pour nous, c'est tout un principe....

L'aurore d'un beau jour veut dire : amour de la patrie,
noble dévouement ! espoir d'un meilleur avenir et confiance
dans cet avenir ! confiance qui va jusqu'au trépas ! confiance
qui ne s'éteint que dans le tombeau !

(33) *Nous les tenons*, dit-il, *victoire ! ils sont à nous!...*

Cette scène est rapportée ici telle qu'elle s'est passée ; l'exi-
gence du vers ne nous a pas même, heureusement, forcé
d'exagérer ou de modifier les paroles qui s'y sont prononcées.

C'est une bonne fortune pour nous, car chacune de ces paroles appartient à l'histoire, et l'histoire ne sait pas déguiser :
elle veut des récits fidèles autant que vrais pour asseoir ses
jugemens sans appel.

(34) Au risque de frapper leur frère qu'on entraîne,
Le plomb des insurgés ricoche sur l'arène...

Le parlementaire se trouvait alors entre deux feux, celui du peuple et celui de la garde nationale : position critique et sublime ! critique, parce que la mort était là menaçante, inévitable : sublime, parce que l'on doute si c'était le courage qui l'emportait sur la conviction...

(35) . . . . Écoutez : ce beffroi...

La cloche de Saint-Merry sonna une partie de la nuit du 5 et presque toute la journée du 6.

(36) Oh ! tandis que la nuit, des faubourgs à la Grève,
Au funeste combat apporte quelque trève...

Il y eut, à la nuit tombante, le 5, une espèce de suspension d'armes, mais elle dura peu ; on escarmoucha pendant presque toute la nuit de part et d'autre : cependant l'engagement le plus sérieux ne commença que vers trois heures du matin.

(37) Ici, pour renforcer la redoute première...

Les courts instans de trève, que la bataille laissait aux insurgés, étaient employés à fortifier les barricades déjà commencées, ou à en élever de nouvelles : c'était alors un vrai labyrinthe que le cloître Saint-Merry.

7

(38) Quarante au plus, hélas ! demain viendront mourir !!...

En portant à quarante le nombre des insurgés qui sont restés à défendre les barricades, nous croyons ne pas nous être trompé ; peut-être même ce nombre est-il exagéré.

Quarante hommes à la barricade et quarante dans la maison n° 3o, total quatre-vingt-dix combattans : c'est là *toute l'armée* qui a résisté pendant douze heures aux efforts combinés de près de cent mille hommes de troupes.

(39) Chantez, nobles enfans ! chantez devant la mort !

Les républicains, dans les intervalles du combat, travaillaient en chantant les vieux refrains de la *Marseillaise* et du *Départ* ; certes on interprétera ces chants comme on voudra, mais ils révélaient, selon nous, une grande pureté d'âme, et prouvaient bien que ceux qui les entonnaient croyaient marcher dans l'équité ; la garde nationale et les troupes arrivaient-elles aussi en chantant *la Parisienne ?*... non, parce que leur tâche était pénible, affreuse, et qu'elles se ruaient contre un peuple qui devait plus tard leur jeter ses malédictions...

(40) . . . . . Jusqu'à la suprême heure.

C'est-à-dire, l'heure du premier combat, du fatal conflit, qui ne devait se terminer qu'après onze assauts et le massacre de tous les insurgés !!...

(41) Passons le seuil maudit de ce **NUMÉRO TRENTE.**

De toutes les relations publiées après les événemens de Juin, et elles ont été nombreuses, aucune n'a donné de précis exact sur cette fameuse maison n° 30 , qui pourtant, comme on sait, a été le foyer le plus intime et le plus sanglant de la révolte ; il s'y est passé des choses si extraordinaires, si inouïes, et en même temps si carastéristiques , que ce serait une lacune immense pour l'histoire, d'en omettre le détail circonstancié et de vouloir écarter la lumière qu'elles apportent au milieu de ces ténébreuses circonstances.

(42) . . . . Cent mille soldats...

Voilà un effectif qu'on nous contestera peut-être encore , mais il est facile de confondre ceux qui voudraient le révoquer en doute ; pour établir un chiffre, il faut des chiffres : or , nous allons en donner et des plus positifs :

Le garde nationale parisienne était au moins forte de trente mille hommes ; la garnison de la ville, infanterie et cavalerie, en fournissait bien vingt-cinq mille ; l'artillerie de Vincennes, les troupes de Courbevoie, de Versailles et des environs pouvaient bien être évaluées ensemble à trente mille hommes, et, si l'on joint à cela les légions de la garde nationale rurale, les bataillons stipendiés par le préfet de police et les régimens de mouchards déguisés qui vont bientôt arriver, on verra bien qu'en portant à cent mille le nombre des assaillans, nous n'avons point fait erreur, qu'au contraire nous avons strictement calculé, puisque calcul il y a.

(43) Sur un ardent réchaud, où bouillonne le plomb...

Les insurgés, pour faire des balles, arrachaient jusqu'aux gouttières ; ils découvrirent à cet effet, dans la maison n° 3o, la loge du concierge, en partie couverte de plomb.

Les balles se fondaient, au milieu de la cour, sur un réchaud qui fut allumé dans la nuit du 5 et toute la journée du 6 ; il était encore ardent lorsque les troupes pénétrèrent dans la maison : ce fût, dit-on, ce qui les exaspéra davantage.....

(44) . . . . . . Sous les toits, s'entassent les moëllons...

On passa une grande partie de la nuit à dépaver la cour du n° 3o et à monter les pavés dans les étages supérieurs.

N'est-ce pas là ce que nous avons fait en Juillet ? étions-nous pour cela des assassins ? non, assurément ; parce que c'est la tactique du peuple ; il n'a pas de canons, pas de boulets, lui, mais il a des pavés.....

(45) Franchissons ces degrés où s'endort, près du glaive,
   L'élite des héros ; . . . .

Quelques-uns des insurgés s'étaient endormis sur les

escaliers de la maison n°. 30 ; d'autres s'étaient couchés dans la cour, et jusque sous la porte cochère ; tous avaient leurs armes à leurs côtés, prêts à les saisir au premier signal.

(46) Voyez : ils sont là six autour de cette table.

Cette scène, que nous rapportons avec la plus scrupuleuse exactitude, nous a été racontée par un témoin oculaire ; elle est bien capable de faire voir à quel degré d'exaltation était monté l'esprit des insurgés et elle prouve évidemment combien l'aspect de la mort les touchait peu !

Sans doute il s'en trouvera qui viendront qualifier ce trait d'imprévoyance, ceux-là se tromperont ; les insurgés voyaient bien le danger, mais ils le bravaient et l'on ne dira certes pas que c'était sans courage...

(47) . . . . . Dans Clichy, plus tard, mitraillera leur Dieu.

Malheureuse Banlieue! elle a été, et elle est encore aujourd'hui, bien récompensée des services qu'elle a rendus au Pouvoir !...

C'est une leçon qui lui sera profitable...

S'il faut qu'un jour encore nos gouvernans sonnent la cloche d'alarme, l'écho de la Banlieue ne leur répondra plus.

(48) . . . .
            Entre mille de leurs bourreaux !!!

« Les cartouches nous ayant manqué, nous traversâmes à

» la bayonnette, pour en aller chercher, une colonne de
» troupes de ligne ; nous avons perdu trois hommes dans cette
» entreprise, les autres, au nombre de sept, ont pu échapper ;
» quand on se rendit maître de la barricade, nous n'avions
» plus de poudre, sans cela nous y serions restés... »

(JEANNE, procès des 22.)

(49) Vous gagnerez la nuit, mais la nuit du tombeau.

Il est certain que si, la maison n°30 où s'étaient réfugiés les insurgés, avait pu soutenir le choc des assaillans jusqu'à la nuit, la collision eût été plus sanglante encore, mais la victoire ne serait peut-être pas restée au Pouvoir, qui déjà faiblissait sensiblement.

(50) La troupe, ivre de sang, hurle : *Vive le Roi!!*

Chaque coup de canon était suivi, pourrait-on le croire, des cris de : *Vive le Roi!*

Ceux qui ont condamné les insurgés, parce qu'ils voyaient dans le sang versé *l'aurore d'un beau jour*, seraient bien terrifiés sans doute, si on leur demandait pourquoi la troupe criait sur les cadavres : *vive le Roi! vive la Charte!* Le Roi!.. son aveuglement avait seul amené cette catastrophe!!... La Charte!... elle avait été violée déjà vingt fois !!

(51) . . . . . Fuyez! amis, fuyez !

Qu'on ne vienne pas nous dire que les insurgés, en se réfugiant dans la maison n° 3o, s'étaient eux-mêmes pris au piège, qu'ils se seraient bien gardés d'y entrer s'ils avaient cru devoir y être cernés, et que, s'ils ont combattu sans relâche jusqu'au dernier moment, c'était parce qu'ils ne pouvaient faire autrement ; non, mille fois, non ! une retraite leur était ouverte, ils auraient pu *tous* se sauver, *s'ils l'avaient voulu.....*

Eux seuls en ont décidé autrement!!!...

(52) . . . Que fait le Roi? . . . . , .
. . . . IL SE PROMÈNE !!

Oui, tandis que le canon bombardait Saint-Merry, le Roi, *le Roi-Citoyen*, se promenait à cheval sur les boulevarts, souriait aux affidés de la police qui, sur son passage, criaient : *Vive le Roi!* et semblait insensible au bruit de la canonnade qui décimait son peuple...

Sire! lui disait-on, *c'est une poignée de rebelles qu'il faut anéantir*, L'ORDRE PUBLIC *le veut!!*

Et l'escorte royale applaudissait...

(53) . . . . Ils sont entrés !!!...

La troupe pénétra dans la maison n° 3o par une porte que les assiégés avaient omis de barricader ; cette porte était celle du magasin d'un marchand quincaillier, dans la boutique duquel les sapeurs s'étaient d'abord introduits, en brisant la devanture à coups de hache.

(54) « Voltigeurs ! en avant !! . . . .

Si ce n'est la tournure poétique qu'il nous a fallu donner à ces paroles, nous croyons les avoir rapportées intégralement.

Elles disent plus à elles seules que tous les raisonnemens possibles ! ils étaient bien coupables les chefs qui commandaient ainsi le massacre ! sans doute ils n'auront point échappé au remords... c'est un vengeur éternel, celui-là !!!.

(55) Oh ! grâce ! épargnez-nous de compter les victimes...

Sans doute la poésie se refuse à peindre un si affreux tableau, mais, pourtant, nous avons promis de tout dire ; rien ne peut nous faire dévier de notre devoir.

Les soldats trouvèrent, dans le haut de la maison, des jeunes gens qui s'y étaient réfugiés et qui avaient cessé toute résistance ; ils les saisissaient par les pieds et les traînaient ainsi, la tête rebondissant sur les marches de l'escalier, jusqu'au carré du premier, où ils étaient impitoyablement assassinés à coups de haches, de sabres ou de baïonnettes...

Un jeune homme, d'environ dix-sept ans, qui se trouvait le dernier, voyant à quel sort il était réservé, protestait de son

innocence et demandait grâce à grands cris ; quand il fût ar‑
rivé au sanglant étage, malgré ses prières, qui auraient dû
émouvoir l'âme des plus féroces, un militaire lui passa son
sabre au travers du corps et le retourna trois ou quatre fois
dans la blessure, ce qui fit pousser à ce malheureux un râle
affreux, un gémissement qu'on ne saurait rendre.....

Dix-sept des insurgés, pris dans le haut de la maison, fu‑
rent massacrés ainsi ; quelques-uns, jetés par les fenêtres dans
la rue, tombaient au milieu de la troupe, qui les achevait à
coups de pieds...

Si les preuves n'étaient pas là pour appuyer de tels faits,
ils seraient incroyables, car on ne trouve nulle part l'exemple
d'un tel massacre, qui surpasse de beaucoup en barbarie
celui de la Saint-Barthélemy.

(56) A cette boucherie ajoutez le pillage.

Les soldats, lors de la prise de la maison n° 30, pénétrèrent
en brisant les portes, dans les appartemens des locataires, et
notamment dans ceux de M. Blanc, où ils volèrent une quan-
tité d'objets de prix.

L'un d'eux, Levayer, *voltigeur* au 42° de ligne, a été condamné, *pour vol de bijoux*, à cinq ans de fers.

Nous ne croyons pas qu'on puisse reprocher aux insurgés
le moindre pillage ; au contraire, ils fixaient des matelas de-

vant *les glaces*, afin de les préserver des balles, et prenaient,
nous osons le dire, pour la conservation intacte des appartemens, les soins les plus minutieux.

Que celui qui voudrait juger compare !

(57) Qu'un stigmate d'obus, une muette empreinte....

Un boulet, parti de Saint-Nicolas-des-Champs, a imprimé
sur l'un des piliers latéraux de l'église Saint-Merry, une
marque blanche, profonde et ineffaçable : c'est le seul vestige
qui reste aujourd'hui de la grande lutte de Juin. Quelle
leçon pour l'histoire !!!...